JANHEL | PONZIO

plus belle la vie

mémoires brûlées

VENTS D'OUEST

Telfrance série

3€

Remerciements à Murièle et Tarek pour les textes en arabe,
Julie et Stevan pour leurs regards éclairés,
M. Ïarmacovai et Buzz pour leurs regards techniques...

Janhel

Je remercie pour leur aimable participation à l'élaboration de cet album :
Michel Cordes, Laetitia Milot, Pierre Martot, Laurent Kerusore, Angélique Almeida,
Emma Lavergne, Bruno Garrett, Rachid Belhamissi, Cédric Cirinei, Stéphane Dheilhy,
Benjamin Gouyon, Fabrice Largenton, Céline Gonzalez.

À ma femme, Christelle.
À mes parents.

Jean-Michel PONZIO

D'après une idée originale d'Hubert Besson.
Et des personnages créés par
Magaly RICHARD-SERRANO, Bénédicte ACHARD,
Georges DESMOUCEAUX et Olivier SZULZYNGER.

Lettrage : Stevan Roudaut

Vents d'Ouest
31-33, rue Ernest-Renan
92130 Issy-Les-Moulineaux
www.ventsdouest.com

TELFRANCE SERIE
71 rue de la victoire
75009 Paris
www.plusbellelavie.fr

Dépôt légal : mai 2009
ISBN : 978-2-7493-0472-4
Achevé d'imprimer en France en mai 2009 par Pollina,
sur papier provenant de forêts gérées de manière durable.

"... HAUTEURS DE MARSEILLE, L'INCENDIE QUI RAVAGE TOUT L'ARRIÈRE-PAYS DEPUIS DIX JOURS GAGNE ENCORE DU TERRAIN ET MENACE LES QUARTIERS NORD DE LA VILLE..."
"... MALGRÉ UNE MOBILISATION SANS PRÉCÉDENT DES MARINS-POMPIERS ET DE L'ARMÉE, LA LUTTE RESTE INÉGALE ET LES PREMIÈRES ÉVACUATIONS SONT EN COURS..."
"... SUITE À SA VISITE ÉCLAIR DANS LA MATINÉE D'HIER, LE PRÉSIDENT DE LA RÉPUBLIQUE A ANNONCÉ DES MESURES D'URGENCE, AINSI QUE LA CRÉATION D'UNE COMMISSION D'ENQUÊTE CHARGÉE D'ÉTABLIR L'ORIGINE DES DIFFÉRENTS FOYERS..."
C'EST ÇA... CAUSE TOUJOURS !... LE JOUR OÙ UNE COMMISSION D'ENQUÊTE FERA TOMBER LE MISTRAL, MOI JE DIS QUE LES GALINETTES SE VERRONT POUSSER DES DENTS !...
C'EST VRAI, QUOI ! À CE TRAIN-LÀ, SÛR QU'ON SERA TOUS TRANSFORMÉS EN MERGUEZ AVANT LONGTEMPS ! CE QU'IL FAUT, C'EST S'ATTAQUER AUX VRAIS PROBLÈMES ...
... J'AI PAS RAISON, MA MIGNONNE ?!
AVANT, QUAND LES FORÊTS ÉTAIENT HABITÉES, ELLES ÉTAIENT BIEN ENTRETENUES ET IL Y AVAIT BEAUCOUP MOINS D'INCENDIES...
... SANS COMPTER LE RÉCHAUFFEMENT DE LA PLANÈTE ET TOUT LE TREMBLEMENT QUI VA AVEC...
ROLAND, FICHE DONC LA PAIX À CETTE PETITE !... NE L'ÉCOUTE PAS, LILOU, IL VA FINIR PAR T'ESTOURBIR LES MÉNINGES !
MIRTA A RAISON, C'EST PAS PARCE QUE LILOU EST POMPIER QU'IL FAUT LUI GÂCHER SES HEURES DE REPOS !
ÉVIDEMMENT, S'IL S'AGIT D'UNE CONSPIRATION FÉMININE POUR ME FAIRE TAIRE, ALORS MOI JE CAPITULE !
BON ! JE FINIS D'ENCAISSER EN TERRASSE ET JE VIENS VOUS AIDER...
DITES-MOI, MA BELLE, C'EST QUOI AU JUSTE VOTRE SPECTACLE DE CE SOIR ?...

RIS
NOIR
nsons
rs 1978
UN RÉCITAL DE CHANSONS !... C'EST UNE ANCIENNE AFFICHE POUR LA DÉCO !
JE ME DISAIS AUSSI... JAMAIS ENTENDU PARLER DE CETTE IRIS LENOIR !
LENOIR
Chansons
8 mars 1978
C'EST NORMAL, LA PAUVRE EST DÉCÉDÉE DEPUIS PLUS DE VINGT ANS !
EN FAIT, IL S'AGIT D'UNE PETITE FÊTE ENTRE AMIS. NOUS ALLONS REPRENDRE SON RÉPERTOIRE POUR LUI RENDRE HOMMAGE ...
SOUVENIRS, SOUVENIRS ! DOMMAGE QUE LA SOIRÉE SOIT PRIVÉE... PRIVÉE DE VOUS, JE VEUX DIRE !
DÉSOLÉE ...
BONNE SOIRÉE QUAND MÊME !
GARDEZ LA MONNAIE ! ET... À TRÈS BIENTÔT, J'ESPÈRE !
ON SE DEMANDE PARFOIS À QUOI ÇA TIENT, LES GROS POURBOIRES...
À GROS POURBOIRES, GROS DRAGUEURS, C'EST BIEN CONNU !
HO, LES JEUNES, PAS COMME ÇA, LES CHAISES ! EN DEMI-CERCLES, ÇA SERA PLUS SYMPA !...
... PLUS SYMPA, TU PARLES ! C'EST SURTOUT QUE ÇA GAGNERA DE LA PLACE !
... MOLO, LES GARS, C'EST DU SUPER MATOS SUPER FRAGILE QUE J'AI EMPRUNTÉ À UN SUPER POTE...
... ALORS ON FAIT SUPER GAFFE, OK ?...
HO, MAXIME ?! T'ES DANS LA LUNE OU T'ES AVEC NOUS, LÀ ?
ET TOI, ROLAND, T'ES AVEC NOUS ?...
MOI, SI JE RESTE EN RETRAIT, C'EST POUR ÉVITER DE VOUS ESTOURBIR LES MÉNINGES...
ET SUSCEPTIBLE AVEC ÇA !
Black-out Lundi dernier, le tournage de "Plus belle la vie" a été interrompu. La production et les comédiens ont dû......
G Le Galoubet HEBDO
L'INCENDIE
L'Espagne envoie des canadairs en soutien. Le président annonce la création d'une commission d'enquête
D'AILLEURS, C'EST THOMAS QUI DEVRAIT ÊTRE LÀ POUR...
VVRROOOM
?!
C'EST QUOI TOUT CE BAROUF ?...

* QU'EST-CE QU'ON FAiT ? ** ON LAiSSE TOMBER...

*** LES FLiCS !

ARRÊTEZ !...
VVRROOM
WRROOM
POLICE !
MIEUX QUE LE TASER : LE TAMBOURIN !... DÉCIDÉMENT, ON N'ARRÊTE PAS LE PROGRÈS.
COMPLÈTEMENT DINGUES, CES TYPES ! VOUS ÊTES ARRIVÉS AU BON MOMENT !...
C'EST QUI CES MECS ? QU'EST-CE QU'ILS VOULAIENT AU JUSTE ?
HOTEL
AUCUNE IDÉE ! APPAREMMENT, ILS CHERCHAIENT APRÈS QUELQU'UN... ET PUIS ILS SONT DEVENUS TRÈS VITE AGRESSIFS, COMME ÇA, SANS RAISON !...
REGARDEZ-MOI CE TRAVAIL : DEUX CHAISES DE FICHUES !
LILOU, JE CROIS QU'ON A UN PROBLÈME...
... ALORS COMME ÇA, C'EST VOUS LE FAMEUX JAZZ MANOUCHE ?
JE VOUS PRÉSENTE LE BRIGADIER MULATIER !
J'APPORTE LES INSTRUMENTS, COMME CONVENU !... JE VOUS REJOINDRAI PLUS TARD, APRÈS MON SERVICE...
OK POUR FAIRE UN BOEUF... MAIS SANS CAROTTES, HEIN !... HÉHÉHÉ...
ÇA C'EST DE LA GUITOUNE ! J'PEUX ESSAYER ?...
OUI MAIS DOUCEMENT... C'EST PLUS FRAGILE QUE LE DERRIÈRE D'UN NOURRISSON, CES INSTRUMENTS-LÀ !
LILOU ?... TU VAS OÙ ?... JE PEUX T'AIDER ?
HEIN ?... HEU, NON NON ! JE N'EN AI PAS POUR LONGTEMPS... MERCI, MAXIME !

THOMAS ?
JE SUIS LÀ, LILOU !
C'EST MÉLANIE QUI M'ENVOIE : IL VIENT DE SE PASSER UN DRÔLE DE TRUC... ELLE EST INQUIÈTE...
OUI, J'AI TOUT VU D'ICI ! MOI NON PLUS ÇA NE ME PLAÎT PAS, CES GUGUSSES QUI DÉBARQUENT...
... AUJOURD'HUI, COMME PAR HASARD !
... C'EST VRAI QUE C'EST BIZARRE !
ILS ÉTAIENT LÀ POUR MOI, N'EST-CE PAS ?
NADÈLE ! ÉLOIGNE-TOI DE LA FENÊTRE, ON POURRAIT T'APERCEVOIR !
ÉCOUTEZ, NADÈLE, IL N'Y A QUE NOUS QUATRE DANS LA CONFIDENCE !... CINQ AVEC VOTRE FRÈRE AHMED... C'EST SANS DOUTE UNE COÏNCIDENCE !
CE SERAIT QUAND MÊME PLUS PRUDENT DE TOUT REPORTER À UN AUTRE JOUR...
PAS D'ACCORD ! LE FRÈRE DE NADÈLE A DÉJÀ DÛ PRENDRE SES DISPOSITIONS ET, DE TOUTE FAÇON, NOUS N'AVONS AUCUN MOYEN DE LE PRÉVENIR AVANT CE SOIR...
CES RETROUVAILLES PENDANT NOTRE RÉCITAL RESTENT L'OCCASION IDÉALE... TOUS LES MISTRALIENS SERONT LÀ, CE SERA PLUS FACILE DE DONNER LE CHANGE...

LE CHANGE ! LA VOILÀ LA BONNE IDÉE ! NADÈLE N'A QU'À CHANGER DE VÊTEMENTS AFIN DE PASSER INAPERÇUE !
OUI, OUI !... EXCELLENT !
... NON, JE NE POURRAI JAMAIS !
MAIS SI, MAIS SI ! VOUS ALLEZ VOIR... J'AI ICI TOUT CE QU'IL FAUT POUR VOUS TRANSFORMER... COMPRENEZ QU'AVEC UNE TENUE PLUS DE CIRCONSTANCE, ÇA FACILITERA LA RÉUSSITE DE NOTRE PLAN !...
CHARLOTTE A RAISON... NE PERDONS PAS DE TEMPS !
AVEC TOUT CE BINZ, ON N'EST PAS EN AVANCE... Y A ENCORE LA BALANCE À FAIRE ET ON VA DEVOIR SE PASSER DE THOMAS SI ON VEUT ÊTRE PRÊTS DANS LES TEMPS !
HO, MAXIME, T'ES TOUJOURS AVEC NOUS ?...
IL EST BIEN GENTIL, LE THOMAS, AVEC SON IDÉE DE RÉCITAL, MAIS QUAND IL FAUT ASSURER, Y A PLUS GRAND MONDE...
SI TU VEUX MON AVIS, IL A LES GROSSES PÉTOCHES À L'IDÉE DE REPRENDRE UNE CHANSON DE SA MÈRE...
IRIS LENOIR
IL FAUT LE COMPRENDRE...
... THOMAS N'A JAMAIS CONNU SA MAMAN !... POUR LUI, C'EST LOIN D'ÊTRE BANAL, UNE SOIRÉE COMME CELLE-CI !
AU MISTRAL... RIEN N'EST BANAL ! ...
BON, LÉO, TOI T'ES PAS DANS LE PROGRAMME, CE SOIR... JE PEUX TE SERVIR QUELQUE CHOSE ?
HEIN ?... HEU... OUI, UNE ORANGEADE S'IL TE PLAÎT !...
DANS LE TAMBOURIN OU DANS UN VERRE ?...
JE REPENSE À TOUT À L'HEURE ...
JE NE SAIS PAS POURQUOI, MAIS Y A UN TRUC QUI ME CHIFFONNE DANS TOUT ÇA...
WOAAAH !!

... NADÈLE, VOUS ÊTES MAGNIFIQUE ! SUPERBE !
J'ÉTAIS SÛRE QUE ÇA VOUS IRAIT BIEN !
JE NE PEUX PAS SORTIR HABILLÉE AINSI !
... SINCÈREMENT, JE VOUS REMERCIE POUR TOUT CE QUE VOUS FAITES POUR MOI... MAIS ÇA N'EST VRAIMENT PAS POSSIBLE...
... JE SUIS DÉSOLÉE !
... EUH... J'AI PEUT-ÊTRE UNE IDÉE...
ما نجّمناش نخطفو الطفلة...*
*ON N'A PAS EU LA FILLE...
ولّينا فصعنا خايفين ملحاكم...**
**ON A DÛ LAISSER TOMBER, À CAUSE DES FLICS...
ما كومش رجال !***
جيبولي الطفلة... ولا نذبح والديكم ، ملا بهايم !****
****VOUS ME TROUVEZ CETTE FILLE... OU C'EST MOI QUI VOUS TROUVERAI, BANDE D'IDIOTS !
ظاهر لي موش فرحان !*
ظاهر لي...**
NOS INVITÉS COMMENCENT À ARRIVER, ET TOUJOURS PAS DE NOUVELLES DU MAÎTRE DE CÉRÉMONIE...
MÉLANIE, TU POURRAIS PEUT-ÊTRE ESSAYER DE RAPPELER CHEZ LUI...
***VOUS ÊTES DES INCAPABLES !
*IL EST PAS CONTENT !
**J'IMAGINE...

HELLO TOUT LE MONDE !
AAH ! TOUT DE MÊME ! LE VOILÀ ENFIN, LE MINOT !...
T'ÉTAIS OÙ ? TU EXAGÈRES, THOMAS, ÇA FAIT AU MOINS TROIS HEURES QU'ON TE COURT APRÈS...
... ON COMMENÇAIT VRAIMENT À SE DEMANDER ...
AAAH JE VOIS ! TU FAISAIS LE PLEIN DE JOLIES POMPIÈRES POUR LE SPECTACLE !...
TU POURRAIS AU MOINS FAIRE LES PRÉSENTATIONS ! ...
SI TU ME LAISSAIS PARLER !!! C'EST UNE COPINE DE FAC... ELLE EST VENUE SPÉCIALEMENT DE PARIS POUR LA SOIRÉE !... DÉSOLÉ POUR LE RETARD, MAIS ON AVAIT PAS MAL DE CHOSES À RÉGLER...
TU AURAIS PU PRÉVENIR, ALORS ! ET ELLE N'A PAS DE PRÉNOM, CETTE MIGNONNE ?
NAD' ! ENFIN... NADÈLE !... C'EST UNE COLLÈGUE DE LILOU...
DIS DONC, TU DISPARAIS TOUTE LA JOURNÉE, TON AMIE EST DE PARIS MAIS TRAVAILLE DANS UNE CASERNE DE PAR CHEZ NOUS !... C'EST PAS UN POIL CAFOUILLEUX, TON HISTOIRE ?...
... NADÈLE !?... AU FAIT, C'ÉTAIT PAS UNE NADÈLE QUE CHERCHAIENT LES DEUX ZIGOTOS TOUT À L'HEURE ?...
... MÉLANIE ?!
ALLEZ, PATRON, C'EST BON, LÀ ! ON VA BIENTÔT COMMENCER !
ÉCOUTE, PAPA, C'EST VRAI QUE ÇA PEUT PARAÎTRE COMPLIQUÉ, MAIS JE T'EXPLIQUERAI PLUS TARD !...
... MAINTENANT ON S'ASSOIT ET ON SE PRÉPARE À REGARDER LE JOLI SPECTACLE, OK ?...
NON MAIS ! TU VAS PAS EN PLUS ME PARLER COMME SI J'ÉTAIS DÉJÀ GRABATAIRE !!!
PAPAAAA...!
LILOU, C'EST TOI ?!
TU... TU T'ES CHANGÉE ?!... ÇA TE VA SUPER BIEN, CETTE ROBE ! ...
MERCI ! J'AI PENSÉ QUE... POUR THOMAS... ENFIN, POUR L'OCCASION...
INSTALLE-TOI ICI, NADÈLE. NE T'INQUIÈTE PAS, TOUT VA BIEN SE PASSER...
THOMAS, ÇA VA ÊTRE À TOI !

ظاهر لي...
COMMENT SE PORTE LE PRINCE ?
JE LUI AI PRÉPARÉ SES REMÈDES POUR LA NUIT. POUR L'INSTANT IL SE REPOSE... IL LIT QUELQUES PAGES DU CORAN...
... J'AURAIS DÛ FAIRE COMME LUI AVANT DE ME RENDRE À TERRE... ÇA M'AURAIT DÉTENDU...
MONSIEUR, IL EST L'HEURE !
TOUT VA BIEN SE PASSER, AHMED...
... ALLAH SOIT AVEC TOI, MON AMI !
MERCI, AZAD !
BONSOIR TOUT LE MONDI!
HOULÀ ! BONJOUR LARSEN...
IRIS
ENOIR
ansons
ars 1978

HOOOUU
HOOOUU
HOOOU
HOOOUU
HOOOU
RUDY !
RUDY !
RUDY !
RUDY !
HEUREUSEMENT, NOTRE TECHNICIEN DE SERVICE N'EST PAS EN GRÈVE...
HAHAHA
HAHAHA
MERCI RUDY...
MERCI RUDY...
MERCIIIIIII...
CLAP CLAP CLAP CLAP CLAP
BONSOIR TOUT LE MONDE !!
LÀ, ÇA MARCHE !...
OUAIIIS !
BRAVO
CLAP CLAP CLAP CLAP CLAP CLAP
OUAIIIS !
MISTRALIENS, MES AMIS...
... COMME VOUS LE SAVEZ, CE SOIR EST UN MOMENT PARTICULIER POUR MOI...
... MAMAN AURAIT AUJOURD'HUI CINQUANTE ANS... ELLE M'A BEAUCOUP MANQUÉ !...
... POURTANT, SI JE N'AI JAMAIS PU ME BLOTTIR DANS SES BRAS... J'AI TOUJOURS PU TROUVER REFUGE DANS SES CHANSONS ET SES MÉLODIES...
... C'EST LA RAISON POUR LAQUELLE J'AI EU ENVIE D'ENTENDRE À NOUVEAU SA VOIX... CE SOIR... À TRAVERS LES VÔTRES...

... VOUS, MA FAMILLE... VOUS QUI AVEZ SU, CHACUN À VOTRE MANIÈRE, REMPLACER UNE PETITE PART D'ELLE DANS MA VIE.
MAINTENANT... PLACE AUX CHANSONS D'IRIS ET BONNE SOIRÉE À T...
BAM
BAM
BAM
BAM
BAM
BAM
ATTENDEZ... JE VOUS OUVRE ...
ET ALORS ? ON FAIT PLUS PARTIE DE LA FAMILLE ?...
QUOI !... VOUS AVEZ COMMENCÉ SANS NOUS ?!
... DÉSOLÉES POUR LE RETARD, MAIS ENTRE CUIRE LES PANISSES, SE MAQUILLER ET SE DÉGUISER...
NOTRE TOUR N'EST PAS PASSÉ, AU MOINS ?!...
J'ESPÈRE QU'ON N'A PAS APPRIS "TOI ET MOI POUR LA VIE" POUR DES PRUNES !...

"... ET SI TU CROIS... ET SI TU CROIS QUE J'OUBLIERAI, ALORS REGARDE AU FOND D'MES YEUX..."
"... CAR POUR TOUJOURS J'Y AI GRAAAAAAAAAAAAAVÉÉÉÉÉÉÉÉ..."
"... NOTRE AMOUR EN LETTRES DE FEU !"
20 3.5 4
MERCI...
CLAP CLAP CLAP CLAP CLAP CLAP CLAP CLAP
Chansons mars 1978
CLAP BRAVO CLAP CLAP CLAP BRAVO CLAP CLAP CLAP OUAIIIS !
MERCI ! MERCI À TOUS !!!
BRAVO CLAP CLAP CLAP OUAIIIS !
MERCI ! ET MAINTENANT... GUILLAUME ! JE LUI PASSE LE MICRO...
IRIS LENOIR
Chansons 8 mars 1978
"... OÙ EST DONC LA RAISON DE CES HOMMES SANS AMOUR ? OÙ EST DONC L'HORIZON DE LEURS VIES ET LEURS..."
NADÈLE ! ÇA VA ? LILOU N'EST PAS AVEC TOI ?!...
NE T'INQUIÈTE PAS, ELLE EST ALLÉE CHERCHER UN VERRE D'EAU !
"... OÙ VONT LES HOMMES ?.. OÙ VONT-ILS DONC ?.. À QUOI BON SEMER LA MORT DANS LES ÂMES, DANS LES CORPS ? À QUOI BOOOON..."
AH ! LILOU !... JE PRÉFÉRERAI QUE TU NE QUITTES PLUS NADÈLE UN SEUL INSTANT !...
MOI, JE VAIS RESTER AVEC MÉLANIE PRÈS DE L'ENTRÉE ...

... VOUS... TU PENSES QUE TU VAS RECONNAÎTRE TON FRÈRE ?...
... JE L'IGNORE ! MAIS SINCÈREMENT, JE CROIS QUE OUI... NOUS SOMMES JUMEAUX. MÊME SI JE NE L'AI PLUS REVU DEPUIS L'ÂGE DE NOS SEIZE ANS...
... C'ÉTAIT L'ÂGE DE TON MARIAGE ?
NON, ÇA... C'ÉTAIT BIEN AVANT !
LA DERNIÈRE FOIS QUE J'AI VU AHMED, C'EST LORSQUE J'AI QUITTÉ MON PAYS POUR VENIR EN FRANCE... FAIRE MES ÉTUDES.
LUI AUSSI DOIT ÊTRE DRÔLEMENT IMPATIENT !
Chansons
8 Mars 197
CLAP CLAP CLAP CLAP CLAP CLAP CLAP CLAP CLAP CLAP
20 3.5
4
ET MAINTENANT... MISTRALIENNES ET MISTRALIENS... "VALLÉES DE LARMES"...
VERSION RAP... MADE IN NATHAN !
JE VAIS VOUS METTRE LE FEU ! YEAAAH !!
... NON, NON, NATHAN ! ...
C'EST PAS CE QU'ON AVAIT DIT !... APRÈS GUILLAUME, C'EST À NOUS...
MOI, SI JE NE PASSE PAS MAINTENANT, JE VAIS COMPLÈTEMENT MÉLANGER LES PAROLES !... DÉJÀ QUE J'AI EU UN MAL DE CHIEN À LES RETENIR...
BLANCHE... BLANCHE... RACHEL... RACHEL...
LENOIR
HÉ !!
... DÉTENDS-TOI, THOMAS !...
JE ME DEMANDE VRAIMENT DANS QUOI ON S'EST EMBARQUÉS...
DE TOUTE FAÇON, IL EST TROP TARD POUR RECULER... ALORS AUTANT RESTER CONCENTRÉ SUR TON SPECTACLE ! MOI, JE GUETTE LE RENDEZ-VOUS !...

"... TOI ET MOI POUR LA VIE..."
"... TOI ET MOI TU LE SAIS BIEN, NOTRE AMOUR C'EST POUR LA VIE... DANS LE NID DE TES DEUX MAINS JE SERAI TOUJOURS BLOTTIE..."
"... TOI ET MOI C'EST POUR LA VIE, TOI ET MOI TOUJOURS UNIS..."
"... TOI ET MOI C'EST POUR LA VIE, TOI ET MOI LE PARADIS..."
TOI ET MOIIIII...
IRIS
... CELLE-LÀ, POUR LE COUP, JE M'EN SOUVIENS PAS DU TOUT !...
" TOI ET MOI POUR LA VIE", C'ÉTAIT SUR SON SECOND 45 TOURS FACE B !...
... TU N'AS RIEN OUBLIÉ, N'EST-CE PAS ?
...POUR LA VIIIIIE !!
IRIS
... OUBLIER QUOI ?...
JE SAIS BIEN QUE TU M'EN VEUX TOUJOURS...
ALLEZ, RUDY... ENVOIE LA BANDE-SON...
HÉÉÉ... MAIS NON !... ET MON RAP ALORS ?!...

" J'AURAIS VOULU FRÔLER TON CORPS... "
" ... RIEN QU'UN INSTANT TROUVER TON CŒUR... "
" ... TE RETENIR, TE FAIRE L'AMOUR... "
" ... SENTIR EN MOI TOUTES TES PEURS... "
" ... ET PUIS T'AIMER JUSQU'À LA FIN... "
" ... ET PUIS... "
" ... T'AIMER... "
" ... JUSQU'À LA FIN. "
...

BRAVO, BRAVO MON THOMAS ! C'ÉTAIT SUPER...
J'AI BIEN CRU RÉENTENDRE TA MAMAN !...
... MAIS OUI, GUILLAUME ! TOI AUSSI JE T'AI PHOTOGRAPHIÉ PENDANT QUE TU CHANTAIS... !
REGARDE, J'EN SUIS DÉJÀ À MA TROISIÈME CARTE MÉMOIRE !
... HOULÀ, ÇA VA ENCORE FAIRE DES TONNES D'ARCHIVES ! ET QUI VA DEVOIR TRIER TOUT ÇA ?...
DEVINE !...
RACHEL, TU SAIS BIEN QU'AU MISTRAL, NOTRE MÉMOIRE... C'EST TOI !...
... ALORS TU M'EN VEUX TOUJOURS, C'EST BIEN ÇA, HEIN ?...
... FINALEMENT, TU NE M'AS JAMAIS PARDONNÉ D'AVOIR COUCHÉ AVEC IRIS !...
... TU SAIS, SI C'EST ARRIVÉ C'EST PARCE QUE JE TRAVERSAIS UNE SALE PÉRIODE ! ELLE SEULE PARVENAIT À ME CHANGER LES IDÉES... SON RIRE... SA JOIE DE VIVRE...
... QUAND ELLE EST MORTE, ASSASSINÉE, MOI AUSSI J'AI EU MAL, SAUF QUE MOI J'AI DÛ TOUT GARDER À L'INTÉRIEUR...
BON SANG, ROLAND, DIS QUELQUE CHOSE !... APRÈS TOUT CE TEMPS, C'EST LE SOIR OU JAMAIS, NON ?!...
ARRÊTÉ
THOMAS EST MON FILS ! C'EST LA SEULE CHOSE QUI COMPTE POUR MOI !
ET MAINTENANT, TU TE TAIS POUR ÉCOUTER LES CHANSONS OU BIEN JE FERME LE BAR !... TE VOILÀ PRÉVENU...
BON ! À MOI CETTE FOIS-CI... " VALLÉES DE LARMES ", DONC...
EN RAP !
JE VAIS VOUS METTRE LE F...
BAM BAM
PLUS FORT !!

OK ! PLUS FORT ...
BAM BAM
... ET UN ...
AHMED !...
... ET DEUX ...
... NADÈLE ?
... ET TR...
?!
... LES... LES THAÏCONAUTES !!!
!!
اقعد ما تتحرّكش !*
OÙ ELLE EST ?! C'EST LAQUELLE ?!
*BOUGE PAS !
LÀ, ÇA COMMENCE VRAIMENT À ME GONFLER ! ...
AAAAAHHH...
ILS SONT ARMÉS
POUSSEZ-VOUS...
LÀ-BAS !... DANS LE FOND !
ELLE EST LÀ ! ...
*OÙ ELLE EST ?

*POUSSEZ-VOUS, DÉGAGEZ !

*DÉGAGEZ !

*VITE ! ELLE SE BARRE !

20 3.5 4
PRINCE, AVEZ-VOUS ENCORE BESOIN DE MOI ?... J'AI PRÉPARÉ VOTRE ANTALGIQUE ET UN VERRE D'EAU ...
MERCI, MON AMI, MAIS JE N'EN PRENDRAI PAS... PAS CETTE NUIT !...
RAPPROCHEZ-MOI DE L'ÉCRAN...
... ET LAISSEZ-MOI SEUL, JE VOUS PRIE...
BAR LE MISTRAL
LILOU ! RECONDUIS NADÈLE CHEZ TOI... NE PERDEZ PAS DE TEMPS EN CHEMIN...
VITE !
... ET AHMED ?...
... MON FRÈRE ?!
PAAW !!
... JE M'EN OCCUPE !
MAINTENANT FILEZ ! SOYEZ PRUDENTES... ON SE RETROUVE À TON APPARTEMENT...

... MAINTENANT ÇA SUFFIT !
JE DESCENDS LE PREMIER QUI BOUGE !
أنا نذبحك يا كلب ! *
خروات ! أننو... **
SBOONK
*TOI, LE CHIEN INFIDÈLE, TU VAS MOURIR !
**MISÉRABLES ! VOUS NE...
BLOQUEZ LA SORTIE ! NE LES LAISSEZ PAS S'ÉCHAPPER...
STOP ! ON NE PASS ...
SPÖ !
HAAA... LE CON, IL M'A COLLÉ UN BOURRE-PIF !...
MONSTRES !
?!

MULATIER !... ARRÊTE CES SALOPARDS !...
?!
... LA FÊTE EST TERMINÉE À C'QUE JE VOIS...!
HEM... VOUS PRÉFÉREZ UN INFIRMIER OU UN LUTHIER ?
TROP TARD ! ILS ONT PRIS PAR LES ESCALIERS... C'EST FOUTU POUR LES RATTRAPER...
AHMED !? ÇA VA ?...
VOUS... VOUS ÊTES THOMAS, N'EST-CE PAS ?... NADÈLE !... OÙ EST NADÈLE ?
NE VOUS INQUIÉTEZ PAS ! PAS DE PANIQUE ...
DITES-MOI OÙ ELLE SE TROUVE... JE DOIS SAVOIR... JE VOUS EN SUPPLIE !
... OUI, ICI CASTELLI ! FAITES BOUCLER LE VIEUX PORT ! FISSA !...
NE DISCUTEZ PAS ! C'EST UN ORDRE !
REGARDE ÇA, GÉGÉ ! ÇA C'EST D'LA BÉCANE !
PASSQUE TOI TU T'Y CONNAIS EN MOTOCYCLETTES, DES FOIS ?...
TIREZ-VOUS DE LÀ !
OUAIP !... TIENS ! Y'A MÊME PAS D'ANTIVOL ! ILS DOUTENT DE RIEN, LES GARS...
?!
EH BEN MOI, MON P'TIT DOM, C'EST EN MALOTRUS QUE J'M'Y CONNAIS ! ÇA, TU PEUX M'CROIRE !

... CAPITAINE, MON PORTABLE S'EST BRISÉ EN TOMBANT... LAISSEZ-MOI EMPRUNTER LE VÔTRE... C'EST IMPORTANT...
BON SANG, THOMAS, ÇA VEUT DIRE QUOI TOUT CE CHAMBARD ?
AHMED EST LE JUMEAU DE NADÈLE. C'EST ELLE QUE RECHERCHENT LES DEUX BRUTES...
ON LA CACHE DEPUIS TROIS JOURS.
CE SOIR, ON DEVAIT ORGANISER LES RETROUVAILLES AVEC SON FRÈRE... IL A POUR MISSION DE LA RAPATRIER DANS SON PAYS D'ORIGINE, AFIN DE LA PROTÉGER DES MENACES QUI PÈSENT SUR ELLE...
JE COMPRENDS RIEN ! QUELLES MENACES ?...
ÉCOUTE, LÉO, LA SEULE CHOSE QU'ON SAIT, C'EST QU'ELLE ÉTAIT EN DANGER À PARIS ! ELLE-MÊME IGNORE POURQUOI !... ELLE A DÉBARQUÉ À L'IMPROVISTE, ET ON A TOUT JUSTE EU LE TEMPS DE LUI TROUVER UNE PLANQUE AUX TOURELLES... !
ET VOUS NE M'AVEZ RIEN DIT ! C'EST N'IMPORTE QUOI... ! IL FAUT ALLER LÀ-BAS SANS ATTENDRE !...
REGARDEZ-MOI CE TRAVAIL DE COCHON ! QUAND MON ASSUREUR VA PASSER, IL VA ME TIRER UNE TRONCHE COMME ÇA !...
JE TE SOUHAITE BIEN DU PLAISIR ! AVEC TOUS LES INCENDIES QUI SÉVISSENT, IL VA SÛREMENT PAS SE PRÉCIPITER !...
ÉCOUTEZ-MOI, TOUS ! LA POLICE ET UNE AMBULANCE VONT ARRIVER... C'EST LE BRIGADIER MULATIER QUI VA PRENDRE VOS DÉPOSITIONS...
PAS LE TEMPS D'ATTENDRE DES RENFORTS ! THOMAS, AHMED... ON FILE CHEZ LILOU !
C'ÉTAIT AHMED. LA RENCONTRE A TOURNÉ COURT... MAIS NADÈLE EST APPAREMMENT DANS UN ENDROIT SÛR... "LES TOURELLES" !...
"LES TOURELLES" ?...
... SANS DOUTE UN QUARTIER DE MARSEILLE ! LAISSEZ-MOI FAIRE, PRINCE, JE PEUX FACILEMENT RETROUVER CETTE ADRESSE SUR GOOGLE !
..." LE TEMPS PARLE, MAIS LES HOMMES SONT SOURDS..." ! FAITES, AZAD ! FAITES, MAIS FAITES VITE !...
ظاهر لي...

NADÈLE... ?...
... NADÈLE, ÇA VA ?... TU... TU...
... TU PLEURES ?!
PARDON, LILOU, PARDON ! TOUT CELA EST SI ÉPROUVANT...
J'AI À PEINE ENTREVU AHMED... TOUT EST ALLÉ SI VITE...
... JE NE SAIS PLUS SI JE DOIS VRAIMENT RETOURNER DANS MON PAYS !...
NADÈLE... TU DEVRAIS TE RAFRAÎCHIR UN PEU DANS LA SALLE DE BAIN, ÇA TE FERAIT DU BIEN...
PAR ICI !... SUIVEZ-MOI...

ON Y EST ! C'EST À L'ÉTAGE ...
... BON SANG ! ÇA ME REVIENT !
... LA SEMAINE DERNIÈRE, UN TYPE S'EST FAIT DESCENDRE EN PLEINE RUE, À PARIS !...
LES TÉMOINS ONT PARLÉ DE DEUX AGRESSEURS !... DEUX MOTARDS EN CUIR NOIR !
JE NE COMPRENDS PAS ! PERSONNE NE RÉPOND...
INSISTE ENCORE...
J'ENTENDS RIEN ! ELLES NE SONT PAS ICI !
Ici prochainement Résidence L'Estourelle »
Chantier N° 1052.256 Entreprise de bâtiments Cousseau et fils
ما ثمّه شي هنا...*
نجرّبو لدريسه لجرى : " بلاس لتورال "...**
*IL N'Y A RIEN ICI...
**ESSAYONS L'AUTRE ADRESSE : RÉSIDENCE " LES TOURELLES "...
... MERCI, MA PETITE LILOU. VOUS ÊTES SI GENTILLE AVEC MOI... VOUS AVOIR ICI, C'EST BEAUCOUP DE RÉCONFORT POUR MOI...
... C'EST BEAUCOUP DE RÉCONFORT POUR MOI...
LILOU ? CHEZ QUI SOMMES-NOUS ICI ?...

C'EST LE LOGEMENT D'UNE AMIE... ELLE... ELLE A DÛ S'ABSENTER, MAIS JE VIENS SOUVENT POUR ARROSER SES PLANTES... Y'A PAS DE PROBLÈME.
ET PUIS C'EST MIEUX DE RESTER ICI, POUR TA SÉCURITÉ ! ...
TOUS CES VIEUX MEUBLES ! TOUTES CES VIEILLES PHOTOS !...
EN FAIT, IL S'AGIT D'UNE DAME TRÈS ÂGÉE QUE JE VISITE CHAQUE FOIS QUE JE LE PEUX... MADAME HONORINE...
?
!
C'EST ENCORE EUX !...
...
... UN COURT-CIRCUIT !!!
DE MIEUX EN MIEUX ! C'EST PAS ÇA QUI VA NOUS AIDER À LES RETROUVER !
ALLAH LES PROTÈGE !...
PLUS DE JUS !!
DÉCIDÉMENT, C'EST LA SOIRÉE !...
C'EST PAS VRAI ! QU'EST-CE QUI SE PASSE ENCORE ?...
ROLAND, T'AS DES BOUGIES ?...
PAS DE PANIQUE, LES ENFANTS ! ÇA DOIT ÊTRE LE DISJONCTEUR !...
JE DESCENDS VOIR À LA CAVE...
Sandwiches à toute heure
LAISSE TOMBER ! JE CROIS BIEN QUE C'EST GÉNÉRAL...
... LE BLACK-OUT TOTAL !!

lecture
Nadèle...
Lecture
Ma princesse...
Lecture
Tu avais à peine treize ans lorsque j'ai arrangé notre mariage avec tes parents.
Mais très vite, j'ai lu dans tes yeux un autre destin que celui de me donner une descendance...
Lecture
Lecture
En t'offrant la liberté de découvrir le monde, tu as pu enrichir ta vivacité et ton intelligence...
J'espère que tu as pu aussi me pardonner d'avoir eu l'arrogance de vouloir te faire mienne, malgré les quarante ans qui nous séparent.
Attendez !...
... Je crois savoir où elles sont !
Il y a plusieurs semaines, Lilou a fait une intervention, ici, dans son propre quartier ! C'était pour une vieille dame qui avait fait un malaise !... Depuis, Lilou venait régulièrement la voir...
... Il y a quinze jours, la grand-mère a été hospitalisée mais elle lui a confié sa clé pour qu'elle s'occupe de ses plantes !... Lilou est futée ! Je suis sûr qu'elle aura pensé à se planquer là-bas avec Nadèle !...
J'appelle sa caserne ! Ils sauront nous dire où ça se trouve !
... Désolé, nous ne sommes pas en mesure de vous fournir ce renseignement ! Nous sommes actuellement dans le noir, en sous-effectif, et nous venons tout juste de recevoir une nouvelle alerte !...

... MERDE ! PLUS DE BATTERIE...
LÀ-BAS ! REGARDEZ !
PAR ICI ! C'EST À DEUX PÂTÉS DE MAISONS !
C'EST QUOI CE BORDEL ? Y'A PLUS D'TÉLÉ !!!
C'EST UNE COUPURE DE COURANT !...
SAINTE VIERGE ! ÇA BRÛLE AU 21 !...
VITE !...
NOM DE DIEU !!
N'APPROCHEZ PAS ! LES POMPIERS VONT ARRIVER !... TENEZ-VOUS À DISTANCE !
?!
AU SECOURS...!
AU SECOURS...!

NADÈLE !
THOMAS ! QU'EST-CE QUE VOUS... LÀ-BAS !... LES MOTARDS !?!
... J'AI RIEN PU FAIRE ! DÉSOLÉ... ILS TIENNENT VOTRE SŒUR !
C'EST PAS POSSIBLE !... COMMENT ONT-ILS SU QU'ELLE ÉTAIT LÀ ?...
¡¡¡¡iiEEEEOOOUUUUU
ALLONS BON ! DES SIRÈNES, MAINTENANT !...
ÇA VIENT DES TOURELLES !
LES TOURELLES ?... MAIS ! C'EST LÀ OÙ SONT PARTIS LÉO ET LES AUTRES !...
NE BOUGEZ PAS D'ICI ! J'Y VAIS !...
JE VOUS ACCOMPAGNE !
MOI AUSSI JE VIENS AVEC VOUS !
FWOOOSH
NE RESTEZ PAS À PROXIMITÉ !!
DÉGAGEZ ! DÉGAGEZ ! POUSSEZ-VOUS !
ÇA VIENT DU PREMIER !...
QUI HABITAIT LÀ ?
'SAIS PAS ! UNE VIEILLE DAME, JE CROIS !
LÀ ! REGARDEZ ! ...

KOF
KOF
LILOU !
NOM D'UNE CANNEBIÈRE ! QU'EST-CE QUE VOUS FICHIEZ LÀ-DEDANS ?...
KOF
KOF
... IL... IL N'Y A PLUS PERSONNE... J'AI VÉRIFIÉ... TOUS LES ÉTAGES...
ILS ONT ENLEVÉ NADÈLE... ILS M'ONT BOUSCULÉE... LE BOUGEOIR EST TOMBÉ...
LE FEU... DANS LES RIDEAUX... ILS ONT PARLÉ D'UN BATEAU...
ILS ONT DIT QU'ELLE PAIERAIT POUR TOUS LES INFIDÈLES ...
... JE COMPRENDS RIEN À VOTRE CHARABIA !... VENEZ À L'ABRI, PAR ICI...
LA VALISE !
LILOU !
LA VALISE !... IL FAUT QUE J'Y RETOURNE !...
LILOU ! LÂCHEZ ÇA ! QU'EST-CE QUE VOUS FICHEZ, NOM DE DIEU ?...
ARRÊTEZ-LA !
LILOU !
NOOON !

LÉO ! NADÈLE EST ENTRE LEURS MAINS. IL FAUT FAIRE QUELQUE CHOSE...
LE PORT !... LILOU A PARLÉ D'UN BATEAU... ILS SE DIRIGENT VERS LE PORT ! VITE, EN COUPANT PAR LES RUELLES, ON PEUT ARRIVER AVANT EUX !...
ALLEZ-Y, CHEF, MOI JE RESTE ICI AVEC LES SECOURS !
LILOU, REVIENS ! C'EST TROP DANGEREUX !
LA VALISE ...
... MADAME HONORINE ? C'EST MOI... C'EST LILOU !...
MA PETITE LILOU ! VENEZ DONC VOUS ASSEOIR LÀ, TOUT PRÈS DE MOI...
C'EST SI GENTIL DE VENIR ME VOIR COMME VOUS LE FAITES...
LÀ-BAS ! LE ZODIAC ! ...
?... AZAD ?!

LILOU ! NOOON !
... LA VALISE !
AZAD !... TOI !? QU'EST-CE QUE TU FAIS ICI ?...
!!
... TU AS LAISSÉ LE PRINCE SEUL ! QU'EST-CE QUI SE PASSE ?...
NADÈLE !
J'ÉTAIS SÛR QU'ILS VIENDRAIENT LÀ !...
VRROOM
PERSONNE NE BOUGE ! LES MAINS EN L'AIR...
... JE DESCENDS LE PREMIER QUI FAIT UN GESTE...
C'EST DONC TOI QUI LES INFORMAIS DE TOUS NOS DÉPLACEMENTS !!!
TOI, LA FILLE, TU VAS DANS LE ZODIAC ET TU T'ALLONGES SUR LE PLANCHER !...
COMMENT PEUX-TU, TOI, FAIRE PARTIE D'UN RÉSEAU TERRORISTE ?!...
JE N'EN FAIS PAS PARTIE !... J'EN AVAIS BESOIN POUR RETROUVER TA SŒUR !
?!
CE QUI EST FAIT !
PAW
PAW

BONJOUR... C'EST LILOU !
HOO, LILOU, MA PETITE... VOUS VOILÀ...
VENEZ... VENEZ PRÈS DE MOI...
JE NE VOUS AI JAMAIS MONTRÉ MES PHOTOS...
LÀ, C'EST MON ÉPOUX, FERNAND... REGARDEZ COMME IL EST BEL HOMME !
... IL EST PARTI CHERCHER DU CHARBON, MAIS IL NE VA PAS TARDER À RENTRER...
MADAME HONORINE... VOUS SAVEZ BIEN QUE VOTRE MARI EST MORT... DEPUIS BIEN LONGTEMPS !...
... POUR PARTIR À LA GUERRE...
... ET ÇA, C'EST SA VALISE... UNE BELLE VALISE EN BOIS QU'IL A FABRIQUÉE LUI-MÊME...
... ELLE EST À MOI MAINTENANT... ET J'AI MIS TOUS MES SOUVENIRS DEDANS...
... TOUS LES SOUVENIRS DU MISTRAL... TOUS MES PETITS SECRETS, QUOI !
VOUS SAVEZ, EN SOIXANTE-DIX ANS, J'EN AI FAIT DES MÉNAGES DANS CE QUARTIER !
JE CONNAIS TOUT LE MONDE ICI... ILS SONT SI GENTILS... MÊME SI JE NE LES VOIS PLUS BEAUCOUP !
MISTRAL
J'AI TOUT GARDÉ... TOUT... ABSOLUMENT TOUT ! LES PHOTOS... LES ARTICLES DE JOURNAUX...
... LÀ, REGARDEZ... UNE PHOTO DU BAR DU MISTRAL... AVANT...
... JE NE COMPRENDS PAS... TOI, MON AMI... NOS VALEURS...
MON PAUVRE AHMED ! TOUJOURS AUSSI UTOPISTE !... TOI, IL TE FAUT DES CONVICTIONS POUR VIVRE...
... MOI, VOIS-TU, IL ME FAUT DES MOYENS...
... ET TOUS LES MOYENS SONT BONS !

TIENS ! MOI AUSSI, ILS SONT BONS MES MOYENS, SALOPARD !
LÂCHE TON ARME ...
!!!
PAW
AARGH...
THOMAS !
... ET LÀ, REGARDEZ, LILOU ! C'EST MONSIEUR ROLAND LORSQU'IL ÉTAIT PLUS JEUNE, JE CROIS BIEN...
...OUI, OUI ! C'EST BIEN LUI... AVEC LA JEUNE IRIS, LA CHANTEUSE ...
... COMME ELLE ÉTAIT JOLIE, CETTE PETITE !... TOUS LES HOMMES ÉTAIENT AMOUREUX D'ELLE...
... LA PAUVRE !... ELLE A BIEN MAL FINI... ET DIRE QUE SES DEUX PITCHOUNES L'AURONT À PEINE CONNUE... !
?
... SES DEUX PITCHOUNES ? ...
MAMAN... ?
THOMAS ! C'EST MOI... C'EST LÉO ! ...

AZAD !... MAUDIT TRAÎTRE !...

AAHHH...
VROOBRO
!!
BON SANG ! ...
... IL A COUPÉ EN PLEIN DANS LA ZONE D'ÉCOPAGE DES CANADAIRS !...
BAOOOUM
UNITÉ TROIS APPELLE SECOURS... UNITÉ TROIS APPELLE SECOURS... NOTEZ LA POSITION...
... AZAD ET MOI AVIONS ÉTÉ ÉLEVÉS ENSEMBLE !... JE NE COMPRENDS PAS ...
ALLAH LUI PARDONNE ...
ظاهر لي...
QUELLE FIN ATROCE !
LA CUPIDITÉ CONDUIT TOUJOURS VERS LES TÉNÈBRES !
... NADÈLE, NOUS AVONS BEAUCOUP DE CHOSES À NOUS DIRE... IL NOUS RESTE PEU DE TEMPS !...
JE SUIS TRÈS MALADE... MA VIE S'ACHÈVE, MAIS GRÂCE À TOI MON CŒUR EST LÉGER... TES ÉTUDES SONT BRILLANTES... LE SAVOIR QUE TU ACQUIERS SERVIRA UN JOUR NOTRE PAYS...
PRINCE, POURQUOI AVOIR RAPPORTÉ MA PIERRE D'ISATIS ?...
PARCE QUE LE TEMPS EST VENU !... TU SAIS, DURANT TOUTES CES ANNÉES, J'AI TOUJOURS SUIVI DE LOIN TON CHEMIN... UN FIDÈLE ASSURAIT TA PROTECTION SANS RELÂCHE... ET CETTE LOURDE RESPONSABILITÉ LUI A COÛTÉ LA VIE !
... L'HOMME QUI EST INTERVENU, À PARIS, LORSQUE L'ON A TENTÉ DE M'ENLEVER UNE PREMIÈRE FOIS ?...
OUI !... C'ÉTAIT AUSSI MON MEILLEUR AMI... ! JE L'AI PERDU, MAIS J'Y AI GAGNÉ DE TE REVOIR AUJOURD'HUI !
DRIIIIING...
DRIIIIING...

... LILOU EST ...
... ELLE EST MORTE... IL Y A DIX MINUTES !...
PRINCE ?!...
TOC TOC
AHMED... C'EST VOUS ! ALLAH SOIT LOUÉ, VOUS ÊTES SAUF !...

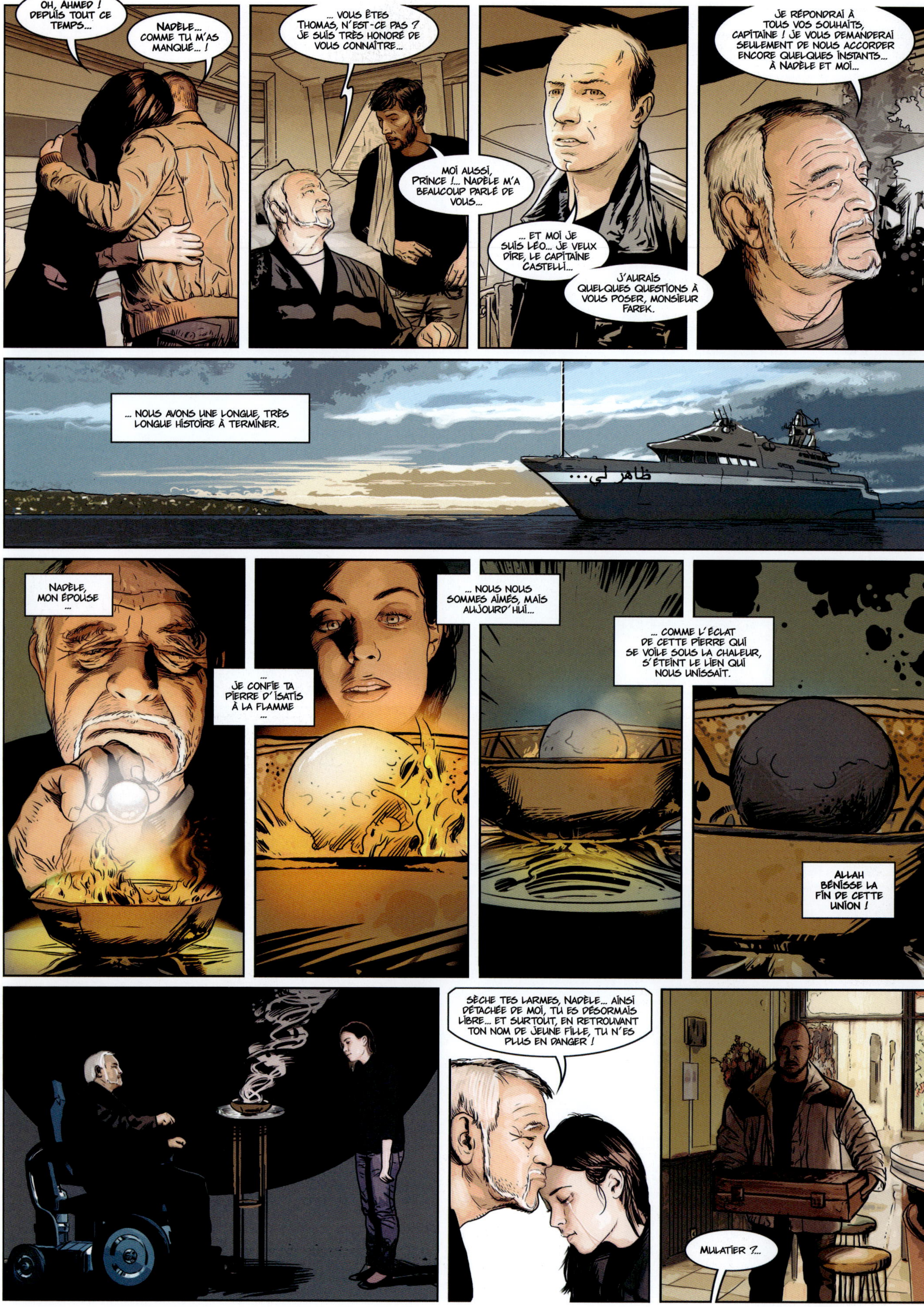
OH, AHMED ! DEPUIS TOUT CE TEMPS...
NADÈLE... COMME TU M'AS MANQUÉ... !
... VOUS ÊTES THOMAS, N'EST-CE PAS ? JE SUIS TRÈS HONORÉ DE VOUS CONNAÎTRE...
MOI AUSSI, PRINCE !... NADÈLE M'A BEAUCOUP PARLÉ DE VOUS...
... ET MOI JE SUIS LÉO... JE VEUX DIRE, LE CAPITAINE CASTELLI...
J'AURAIS QUELQUES QUESTIONS À VOUS POSER, MONSIEUR FAREK.
JE RÉPONDRAI À TOUS VOS SOUHAITS, CAPITAINE ! JE VOUS DEMANDERAI SEULEMENT DE NOUS ACCORDER ENCORE QUELQUES INSTANTS... À NADÈLE ET MOI...
... NOUS AVONS UNE LONGUE, TRÈS LONGUE HISTOIRE À TERMINER.
ظاهر لي...
NADÈLE, MON ÉPOUSE ...
... JE CONFIE TA PIERRE D'ISATIS À LA FLAMME ...
... NOUS NOUS SOMMES AIMÉS, MAIS AUJOURD'HUI...
... COMME L'ÉCLAT DE CETTE PIERRE QUI SE VOILE SOUS LA CHALEUR, S'ÉTEINT LE LIEN QUI NOUS UNISSAIT.
ALLAH BÉNISSE LA FIN DE CETTE UNION !
SÈCHE TES LARMES, NADÈLE... AINSI DÉTACHÉE DE MOI, TU ES DÉSORMAIS LIBRE... ET SURTOUT, EN RETROUVANT TON NOM DE JEUNE FILLE, TU N'ES PLUS EN DANGER !
MULATIER ?...

C'EST LA VALISE POUR LAQUELLE LILOU A RISQUÉ SA VIE !... RIEN NI PERSONNE N'A PU L'EMPÊCHER D'ALLER LA RÉCUPÉRER DANS LES FLAMMES...
C'EST UNE VALISE ORDINAIRE, APPAREMMENT !...
IL N'Y A QU'À L'OUVRIR, POUR SAVOIR !
Sandwiches à toute heure
?!
DES PHOTOS !... DES CARNETS... DES ARTICLES DE JOURNAUX...
QUEL FOUTOIR !
OH... ?!
REGARDEZ ÇA ! C'EST UNE PHOTO DU MISTRAL AVANT SA RÉNOVATION !...
ET LÀ !... C'EST LÉO JEUNOT, AVEC UNE MOB TOUTE NEUVE !...
REGARDEZ !... C'EST L'AFFICHETTE DU TOUT PREMIER SPECTACLE D'IRIS !
Chansons 8 mars 1978
C'EST DINGUE, ÇA ! ON DIRAIT QU'IL Y A TOUT CE QUI CONCERNE LE QUARTIER, LÀ-DEDANS !...
QUI A BIEN PU COLLECTIONNER TOUT ÇA ?... DEPUIS TANT D'ANNÉES !...
DISONS-NOUS ADIEU MAINTENANT, MA BELLE PRINCESSE ! IL EST TEMPS POUR TOI DE REJOINDRE TES AMIS.
ADIEU, MON PRINCE... !
... JE RESTE AUPRÈS DE LUI... NADÈLE, QUAND NOUS REVERRONS-NOUS ?
BIENTÔT ! JE TE LE PROMETS. PRENDS BIEN SOIN DE TOI !...
طاهر لي

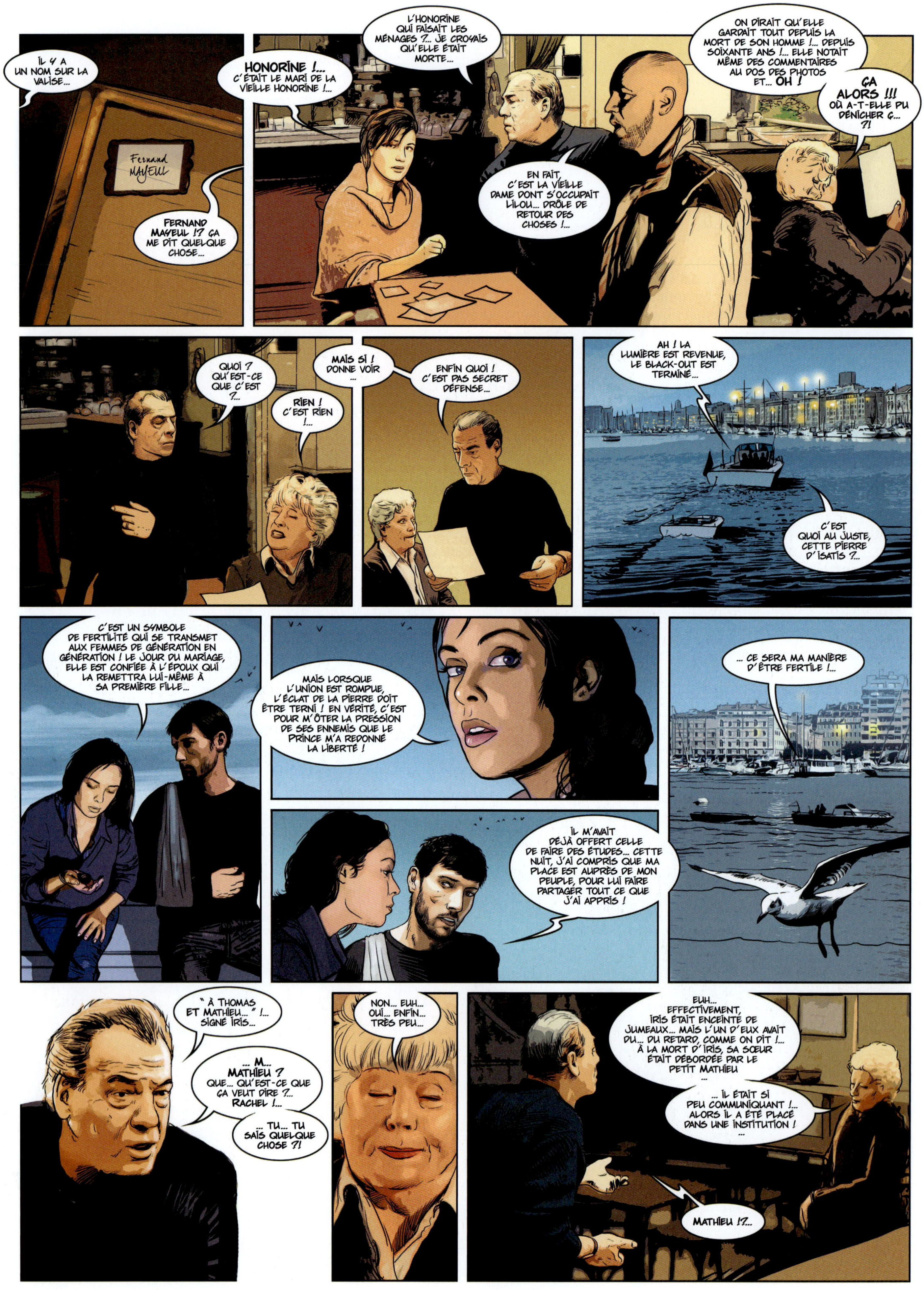
IL Y A UN NOM SUR LA VALISE...
Fernand MAYEUL
FERNAND MAYEUL !? ÇA ME DIT QUELQUE CHOSE...
HONORINE !... C'ÉTAIT LE MARI DE LA VIEILLE HONORINE !...
L'HONORINE QUI FAISAIT LES MÉNAGES ?... JE CROYAIS QU'ELLE ÉTAIT MORTE...
EN FAIT, C'EST LA VIEILLE DAME DONT S'OCCUPAIT LILOU... DRÔLE DE RETOUR DES CHOSES !...
ON DIRAIT QU'ELLE GARDAIT TOUT DEPUIS LA MORT DE SON HOMME !... DEPUIS SOIXANTE ANS !... ELLE NOTAIT MÊME DES COMMENTAIRES AU DOS DES PHOTOS ET... OH !
ÇA ALORS !!! OÙ A-T-ELLE PU DÉNICHER Ç... ?!
QUOI ? QU'EST-CE QUE C'EST ?...
RIEN ! C'EST RIEN !...
MAIS SI ! DONNE VOIR ...
ENFIN QUOI ! C'EST PAS SECRET DÉFENSE...
AH ! LA LUMIÈRE EST REVENUE, LE BLACK-OUT EST TERMINÉ...
C'EST QUOI AU JUSTE, CETTE PIERRE D'ISATIS ?...
C'EST UN SYMBOLE DE FERTILITÉ QUI SE TRANSMET AUX FEMMES DE GÉNÉRATION EN GÉNÉRATION ! LE JOUR DU MARIAGE, ELLE EST CONFIÉE À L'ÉPOUX QUI LA REMETTRA LUI-MÊME À SA PREMIÈRE FILLE...
MAIS LORSQUE L'UNION EST ROMPUE, L'ÉCLAT DE LA PIERRE DOIT ÊTRE TERNI ! EN VÉRITÉ, C'EST POUR M'ÔTER LA PRESSION DE SES ENNEMIS QUE LE PRINCE M'A REDONNÉ LA LIBERTÉ !
IL M'AVAIT DÉJÀ OFFERT CELLE DE FAIRE DES ÉTUDES... CETTE NUIT, J'AI COMPRIS QUE MA PLACE EST AUPRÈS DE MON PEUPLE, POUR LUI FAIRE PARTAGER TOUT CE QUE J'AI APPRIS !
... CE SERA MA MANIÈRE D'ÊTRE FERTILE !...
" À THOMAS ET MATHIEU... " !... SIGNÉ IRIS...
... M... MATHIEU ? QUE... QU'EST-CE QUE ÇA VEUT DIRE ?... RACHEL !...
... TU... TU SAIS QUELQUE CHOSE ?!
NON... EUH... OUI... ENFIN... TRÈS PEU...
EUH... EFFECTIVEMENT, IRIS ÉTAIT ENCEINTE DE JUMEAUX... MAIS L'UN D'EUX AVAIT DU... DU RETARD, COMME ON DIT !... À LA MORT D'IRIS, SA SŒUR ÉTAIT DÉBORDÉE PAR LE PETIT MATHIEU ...
... IL ÉTAIT SI PEU COMMUNIQUANT !... ALORS IL A ÉTÉ PLACÉ DANS UNE INSTITUTION ! ...
MATHIEU !?...

OUI !... À L'ÉPOQUE, CES CHOSES-LÀ N'ÉTAIENT PAS TRÈS CONNUES, NI TRÈS BIEN VUES... ALORS TOUT LE MONDE S'EST TU !...
C'EST TOUT CE QUE JE SAIS...!
... J'AI UN AUTRE FILS ET TU NE M'AS JAMAIS RIEN DIT !...
... DES JUMEAUX !...
MÉLANIE ! SERS-MOI UN DOUBLE SCOTCH !... MA BOUTEILLE... DERRIÈRE LE BAR !...
TENEZ ! Y A MÊME UNE PHOTO DE VOUS... DANS LES BRAS D'IRIS !... AVEC LE PETIT COMMENTAIRE D'HONORINE...
" IRIS ET ROLAND. GENTIL PETIT COUPLE. J'AIME BIEN LES VOIR ENSEMBLE, ILS ONT L'AIR TRÈS AMOUREUX, MAIS IRIS SEMBLE SI FRAGILE... "
... LA MORT DE LILOU... UN AUTRE FILS... QUELLE NUIT ! ...
ET COMMENT ON VA ANNONCER ÇA À...
... THOMAS... !?
!?
MARSEILLAIS
... VOUS EN FAITES, DES TÊTES ?!... PAS CONTENTS DE NOUS VOIR ?...
QUOI ? IL Y A AUTRE CHOSE ?...

... OUI, THOMAS !... IL Y A AUTRE CHOSE...
Pour Thomas et Mathieu
(piano ré mineur)
Quand chante le loup
- Mes jumeaux, mes renardeaux
Sur mon ventre bien au chaud
Méfiez-vous toujours du loup
Quand il vous fait les yeux doux
Refrain: HOu ou ou chante le loup
Gare à lui il est partout
HOu ou ou Blottissez-vous
N'écoutez jamais le loup.
- Écoutez votre maman
Qui vous aime infiniment
Quel que soit votre chemin
Donnez-vous toujours la main.
Ref----
- Mes petits, douce caresse
Faites-moi cette promesse
le jour où je partirai
De ne jamais vous quitter!
Ref---- (2x)
Iris (10 mai 80)
piano forte + basse
IRIS LENOIR

plus belle la vie
" MÉMOIRES BRÛLÉES "
JANHEL - PONZIO 2009